VOYAGE

AUTOUR DE

POMARE

Reine de Mabille , Princesse du Ranelagh ,

Grande-Duchesse de la Chaumière ,

Par la grâce de la Polka, du Cancan et autres Cachu-cas

PAR G. MALBERT

ILLUSTRÉ

DE SON PORTRAIT, DE SA JARRETIÈRE, DE SON COULET

ET D'UNE APPROBATION AUTOGRAPHE

Paris—1844

BAYARD, ÉDITEUR

Rue des Mathurins-Saint-Jacques.

Monsieur,

J'ai lu très attentivement les épreuves de la brochure que vous avez l'intention de publier sur moi. Tout est de la plus exacte vérité excepté les éloges que vous prodiguez à

Mon-la-reine

pomaré

VOYAGE

AUTOUR

DE POMARÉ

Reine de Mabille,

Princesse du Ranelagh, Grande-Duchesse de la Chaumière,

Par la grâce de la Poika, du Cancan et autres Cachuchas

PAR G. MALBERT.

PARIS. — 1844.

GUSTAVE HAVARD, ÉDITEUR,

24, rue des Mathurins-Saint-Jacques.

1844

TYP. LACRAMPE ET COMP., RUE DAMIETTE, 2.

1re ÉTAPE.

A QUEL PROPOS JE CONNUS LA REINE POMARÉ.

Je chante !...
LES POETES ÉPIQUES.

C'est comme si vous chantiez...
LES LECTEURS.

« Ah! c'est toi, Gustave! Qui te fait bâiller de si bon cœur sur le boulevart? Serais-tu allé hier à *la Corde de Pendu?*

— Non: j'ai descendu ce matin la garde.

— La garde! je ne la monte plus, moi! Je me suis arrangé avec mon sergent-major.

— Diable! Et quel moyen as-tu employé pour te tirer de ses griffes?...

— J'apprends la Polka à sa femme.

— Tu connais donc cet exercice chorégraphique?

— Pas le moins du monde! je lui montre le cancan; elle a beaucoup de dispositions. Je dois la mener au bal Chicard.

— Et l'époux ne s'aperçoit pas?...

— L'époux est blond.

— Du moment que l'époux... Mais où vas-tu toi-même, à pas précipités et avec cet air soucieux ?

— Je vais te le dire. Tu connais la reine Pomaré?

— D'où diable veux-tu que je connaisse la reine Pomaré?

— Tu pourrais l'avoir vue à la Chaumière, au Prado, à la Chartreuse, au salon de Mars, à Mabille, au Ranelagh, aux avant-scènes des Variétés, au parterre des Funambules, aux premières loges du théâtre Beaumarchais, à l'orchestre de l'Ambigu, au foyer de l'Opéra, à la Maison d'or, au café Anglais, à.....

— Tu sais bien que je n'y vais jamais. Mais que va faire la reine Pomaré dans tous ces endroits publics?...

— Polker, cancaner, voir, se faire voir, plaire, souper.

— A-t-elle de l'esprit?

— Qu'est-ce que c'est que l'esprit?

— Tu m'ennuies! réponds à ma question.

— Réponds à la mienne!

— Est-elle belle?

— Qu'est-ce que c'est que la beauté?

— Est-ce un parti pris?

— Oui, tant que tu m'adresseras des ques-

tions auxquelles je ne pourrai répondre que par
une bêtise ou un mensonge.

— Comment tu ne peux pas me dire?...

— Non, mais je puis te mener chez elle.

— Ah ! vraiment ; et ce sera ?

— Tout de suite.

— Je ne serai pas fâché de la voir.

— Si nous la rencontrons.

— Comment ?

— Nous voici arrivés au sujet de mon ennui.

— Tu as pris le plus long.

— Il y a quinze jours, madame Thorax,
la femme de mon sergent-major, s'est mis dans
la tête d'apprendre le cancan.

— Mais puisque tu le lui enseignes !...

— Sous prétexte de polka, mon cher, de sorte
que je me trouve pris au dépourvu.

— Avoue ton mensonge.

— Mais le mari dira que j'ai trompé sa femme,
et le sergent-major m'enverra des billets de
garde. Ton conseil ne vaut rien. Il m'est venu
une meilleure idée : c'est d'apprendre la polka
et de la transmettre, comme cancan, à madame
Thorax.

— De façon qu'elle prendra la polka pour le
cancan et le cancan pour la polka ; c'est ingé-
nieux.

— Oui, mais tu comprends qu'ayant débuté

par le cancan, madame Thorax est accoutumée à des pas vifs et colorés. Si je lui offre une
polka pâle et timide, elle la méprisera et cher-
chera un autre professeur. C'est pour cela que je
veux devenir l'élève de la reine Pomaré.

— Poursuis.

— C'est ce que je fais depuis quinze jours.

— Explique-toi.

— Depuis quinze jours je poursuis en effet
cette *potentate*. Mais je ne puis arriver à la
rencontrer.

— Tu ne sais donc pas son adresse?

— Elle n'est jamais chez elle : je l'ai cherchée
partout, je ne l'ai trouvée nulle part.

— Il fallait lui écrire.

— Je n'y ai pas manqué.

— Hé bien !

— Elle m'a répondu ; tiens, vois ce cachet.

— Fichtre ! mais c'est donc décidément une
grande dame ? Dégustons son style :

« Je serai chez moi demain à quatre heures. »

La reine POMARÉ.

— Tu y es allé?

— Elle n'y était pas ; seconde lettre :

« Monsieur,

« Des affaires très-importantes m'ont empê-

« chée de me trouver hier chez moi ; demain,
« je vous attends à cinq heures. »

J'y suis allé ; personne. Enfin j'ai écrit cinq
autres lettres, j'ai reçu cinq autres réponses, et
cinq autres fois je me suis présenté en vain.

— Il faut y renoncer.

— C'est le parti que j'allais prendre, mais
voici ce qui m'arrive. Ce matin, je reçois la lettre suivante en réponse à ma dernière :

« Madame,

« La robe que vous m'avez envoyée n'est pas
« assez large de la poitrine ; on voit bien que
« vous êtes accoutumée à travailler pour des
« femmes mal fichues. Venez la prendre de-
« main à trois heures, je vous attends.

« Je vous salue,

« REINE POMARÉ. »

Comprends-tu ?

— Certainement : elle s'est trompée d'enve-
loppe.

— Et comme une femme manque rarement
aux rendez-vous qu'elle donne à sa coutu-
rière, il est possible...

— Il est trois heures : prenons un cabriolet.

. . . .

— Où faut-il vous conduire, bourgeois.

— Rue Gaillon, n° 19. »

2me ÉTAPE.

EN CABRIOLET.

Noblesse oblige.
LES NOBLES D'AUTREFOIS.

Carotte monstre sur un fond d'or.
EUSTACHE LORSAY, *Blason de la Lorette.*

« Ce cheval va bien, dis-je à Alfred.

— Oui, pas mal ; mais il est loin de valoir l'attelage de Pomaré...

— Elle aurait un équipage ?

— Elle en a trente à sa disposition ; mais elle use plus spécialement de celui de son protecteur ordinaire, Monsieur de *** (un grand nom).

— Un duc et pair ?

— Rien de plus, rien de moins.

— Et ce duc est...?

— Un homme riche d'abord, un assez joli garçon ensuite...

— L'aime-t-elle ?

-- Tu recommences les sottes questions.

— Ah!... Enfin, penses-tu qu'elle l'aime?

— Hum! hum! il est joli garçon, c'est une raison pour... Il est riche et généreux, c'est un motif bien puissant contre... Il est brutal et fantasque... elle pourrait bien l'aimer.

— Brutal et fantasque?

— Juges-en. Il ne se rend jamais chez elle qu'au sortir du Jockey-Club, au moment où la lumière du soleil est remplacée par celle des bougies : il va lui dire bonsoir. Il est tantôt d'une amabilité à faire jaunir de jalousie tous les Fronsac de l'ancien régime, tantôt d'une *butordise* à faire maigrir les académiciens les plus épais du nouveau. Aujourd'hui il refuse aux pleurs de la pauvre majesté cinq louis que réclame à cor et à cris un confiseur impitoyable; demain il laisse sur une console un paquet de cigarettes enveloppé de billets de mille francs.

Puis, aimable ou butor, avare ou prodigue, il ne reste que dix minutes, et encore quelquefois trouve-t-il le moyen d'en employer sept à faire des calembours ou à verser des larmes. Il descend et vole à sa campagne... Une heure après, Pomaré reçoit une lettre : il ne peut pas vivre plus longtemps sans elle, il l'attend avec impatience... Elle accourt, il est à la chasse, il va rentrer... Vingt-quatre heures se passent, un

domestique apporte une lettre : il l'aime plus
que jamais, et pour lui prouver son amour,
il part pour le Havre. Il va lui acheter un de
ces paniers en coquillages comme elle doit tant
les aimer ; il ne lui a pas fait ses adieux, il
craignait de troubler son sommeil.

La malheureuse l'a attendu toute la nuit.

— Mais, mon cher, tout cela a une petite
teinte romanesque?

— Oui!... ou ridicule. Mais que penser du
trait suivant? Il y a quelque temps, il partait
pour *****, où il devait rester quatre jours. Au
moment de se mettre en route, il alla voir Pomaré; elle était au lit : «Je suis sûr, lui dit-il,
que tu vas bien t'amuser pendant mon absence.
— Peux-tu le croire?—Tu iras au bal, tu feras
des conquêtes. — C'est bien mal de douter de
moi. — Je n'en douterai pas si tu veux me pro-
mettre de ne pas sortir de chez toi. — Je te le
jure. — Et moi je te jure que tu tiendras ce
serment.» Et, soulevant la couverture, il appli-
qua le feu de son cigare au pied droit de sa
maîtresse, et cela à trois reprises.

Eh bien?

— Un célèbre marquis, qui fut enfermé à
Bicêtre par les ordres de Napoléon, devait
faire de ces plaisanteries-là dans sa jeunesse.
Tiens, ne me parle plus de ce fou! Qu'as-

tu fait de la lettre de la reine Pomaré ? Je voudrais examiner le cachet.

— Connais-tu le blason ?

— Pas le moins du monde ; et toi ?

— J'en ai une légère teinture, et je vais essayer de blasonner cette pièce. L'écu est à bannière. Le casque qui lui sert de cimier indique que celui qui, le premier, a porté ces armes était duc. La barre qui traverse l'écu est un *chevron* ou un *canton*. Dans le premier cas, cela indique l'ancienneté de la noblesse des aïeux de Pomaré ; dans le second, cela prouve les grandes richesses patrimoniales de sa race. Quant aux émaux, ils représentent deux étoiles ; elles font partie de ses armes, depuis que Nostradamus a prédit à un des ancêtres de la reine que le can can et la polka d'une de ses arrière-nièces brilleraient comme des astres dans le firmament de la danse. Les mêmes armes sont peintes sur sa voiture ; l'écu est azur, le *chevron* ou le *canton* d'or, les deux étoiles d'argent sont placées *au chef* et *au centre.* »

En ce moment le cabriolet s'arrêta ; nous étions arrivés.

3me ÉTAPE.

COMMENT JE DEVINS LE PLUTARQUE
DE LA REINE POMARÉ.

> Il est malheureux que ce ne soit pas
> Plutarque qui ait écrit la biogra-
> phie Michaud. Les notices et les
> lecteurs y gagneraient.
>
> ALFRED PASSION.

Nous jetâmes nos cigares.

« Madame Élise de Vertpré? dit Alfred à un portier dont nous découvrîmes la loge au bout d'une allée longue et obscure.

— Au troisième, la porte en face. »

Nous nous mîmes à gravir les marches d'un escalier très-peu élégant.

« Pourquoi n'as-tu pas demandé la reine Pomaré?

— Le portier ignore le rang de sa locataire.

— Je comprends; s'il n'est pas de grand homme pour un valet de chambre, il en est encore bien moins pour un portier. Mais nous voici arrivés.»

Nous étions devant une porte peinte en jaune : le cordon de la sonnette consistait en une corde semblable à celle dont les tapissiers se servent pour fermer et ouvrir les rideaux , avec un nœud au bout.

Il y avait sur la porte quelque chose écrit : nous lûmes « *En cas d'absence s'adresser au premier.* »

Nous sonnâmes. On vint ouvrir.

C'était, sur ma foi , une fort jolie femme, l'œil vif, la peau blanche, les cheveux noirs, abondants et ondés ; les dents charmantes; mais sa taille arrondie et sa démarche légèrement embarrassée nous firent deviner que nous avions affaire à une *dame* plutôt qu'à une *demoiselle* d'honneur.

Alfred la connaissait de longue date. Je ne vous raconterai pas la reconnaissance, elle fut excessivement animée; c'était , du reste, fort heureux pour nous, qui nous trouvions avoir ainsi une alliée dans la place.

« Y est-elle? fit Alfred.

— Qui? répondit Elvire.

— La reine. »

Ici un nuage de jalousie obscurcit le front d'Elvire.

« Mon ami a besoin de la voir, se hâta de dire Alfred.

— Oui, mademoiselle, je voudrais....

— Eh bien, messieurs, je vais vous annoncer.

— Le diable t'emporte! comment allons-nous nous tirer de là?

— Sois donc tranquille. »

Elvire revint : « Messieurs, vous pouvez entrer. »

Alfred me poussa devant lui.

La souveraine était couchée : une autre *dame* d'honneur, pour qui Vénus avait aussi allongé sa ceinture, était au piano.

« Donnez des sièges à ces messieurs. »

Nous nous assîmes...

Ici un moment de silence. Alfred, malgré tout son aplomb, était intimidé par l'air de majesté et de grandeur qui règne sur la physionomie de Pomaré, et qui, dès le premier abord, indique en elle la femme née pour commander.

« Pourrais-je connaître, messieurs, le but de votre visite ?

— Majesté, dit Alfred, il est bien simple ; mon ami est homme de lettres. (Le traître.)

— Ah! monsieur est littérateur?

— Oui, majesté ; et il est venu me communiquer, ce matin, une excellente idée.

— Moi! m'écriai-je stupéfait.

— Et cette idée ?

— Il pense qu'une biographie de votre majesté, faite sur les documents que vous pourriez mettre à sa disposition, ne saurait manquer d'avoir un grand succès.

— Peut-être.

— Comment peut-être ! pouvez-vous douter du succès de votre biographie, si vous voulez bien donner les renseignements nécessaires, poser pour un portrait qui ornera la brochure, et laisser graver votre magnifique cachet !

— Nous ferons plus, dit la reine : monsieur nous communiquera les épreuves, et si nous n'y voyons rien qui puisse choquer les mœurs, nous lui accorderons une approbation qu'il aura le droit de faire autographier. »

J'étais abasourdi ! « Cependant, essaiyai-je de dire...

— Il n'y a pas de cependant ! Prenons jour avec madame, car il faut que cela soit enlevé de suite.

— Je crains de déranger sa majesté...

— Vous avez tort, monsieur : venez ce soir, je vous communiquerai les notes nécessaires. Je me réserve, après, de vous témoigner ma royale gratitude.

— Il y aurait, majesté, une récompense bien

2

précieuse pour mon ami : ce serait de m'ensei-
gner la polka.

— Accordé ! Vous recevrez la première leçon
le jour où je recevrai la première épreuve. »

Quand nous fûmes sur l'escalier, je voulus
accabler Alfred d'injures ; il me les renvoya, et
soutint qu'il avait eu une heureuse inspiration.
Comme je suis très-faible de caractère et que
d'ailleurs il fallait, pour épargner à Alfred les
billets de garde et les *haricots*, qu'il apprît la
polka de Pomaré, je retournai le soir avec lui
chez la reine. Elle me sembla très-amusante, et
me raconta des choses que je trouvai fort drô-
les. Enfin, après quelques visites, je me persua-
dai, à mon tour, qu'Alfred avait eu une excellente idée. — Puisse le lecteur se ranger aussi à
cette opinion '

4me ÉTAPE.

DÉTAILS BIOGRAPHIQUES.

Courte et bonne.

LAMARTINE, *Chute d'un Ange*.

. . . . Et . . . .

TH. GAUTIER, *Le roi Candaule*.

Élise - Rosita Pomaré naquit en 1824, rue du Grand-Prieuré, trois ans après la mort de Napoléon, six ans avant la révolution de Juillet.

Son père, capitaine de la garde nationale, était de service le jour où elle le vit pour la première fois (le jour).

Il était assis dans son fauteuil d'officier quand un pékin et un militaire se présentèrent devant lui. Le pékin était un clerc de notaire; le militaire était le tambour du poste.

Le tambour dit : « Capitaine, la patrouille

vient de ramasser un ivrogne, que faut-il en faire? »

Le pékin dit : « Mon cousin, ma cousine vient d'accoucher. »

Le tambour reprit : « Capitaine, que faut-il faire du pochard en question?

—Oh! dit le capitaine, qu'on le mette en liberté. » Puis, se tournant vers le pékin : « J'en suis sûr, c'est un beau garçon, n'est-ce pas, cousin Oscar? Un jour, lui aussi, sera capitaine; il sera peut-être même, qui sait, chef de bataillon ou.... Mais d'où vient cet air embarrassé? qu'avez-vous, cousin? Est-ce que votre cousine ne se porterait pas bien? Pourquoi l'avez-vous quittée, alors?

— Non, capitaine, elle va très-bien pour une femme malade; mais je ne sais comment vous dire...

— Parlez, mille capotes!

— C'est que...

— Quoi?

— Ma cousine...

— Eh bien?

— Ma cousine est accouchée d'une fille!

— Une fille! dix mille bisets récalcitrants! » Puis, s'élançant dans le corps de garde, il s'écria : « Tambour! si l'ivrogne n'est pas lâché, qu'on me le *fiche* au violon! »

C'etait la seconde fois que le capitaine éprou-
vait le déplaisir de voir arriver une fille quand
il attendait un garçon. Il se brouilla avec son
cousin.

On fourra l'enfant fille en nourrice ; et on l'en
retira à trois ans pour la mettre en pension chez
madame D***, à Chaillot.

Élise-Rosita était une bonne grosse petite fille
très-aimée de ses camarades et de tous ceux qui
l'entouraient ; elle travaillait beaucoup, et tous
les ans elle remportait des prix d'orthographe,
de calcul, d'histoire, etc. ; seulement, elle n'ob-
tint jamais le prix de sagesse. Elle nous a dit
confidentiellement que madame D*** n'aimait
pas beaucoup les élèves qui le méritaient, et
que celles-ci ne le recevaient qu'à leur corps dé-
fendant.

Au reste, je n'ai pas compris grand' chose à
cette phrase ; tant mieux pour vous si vous êtes
plus intelligent.

A onze ans, Rosita passa sous-maîtresse, et
en remplit les fonctions jusqu'à l'âge de quinze
ans ; alors elle rentra dans sa famille.

Son père ne lui avait pas encore pardonné
son sexe, sa mère regrettait toujours le cousin
clerc de notaire ; aussi, pour la moindre faute,
notre pauvre fille était battue sans miséricorde.

Elle résista pendant dix-sept mois à ce ré-

gime peu agréable ; mais, un jour, sa sœur lui
ayant confié qu'elle allait dire adieu à la maison paternelle et maternelle, pour goûter les dé-
lices du quartier latin en compagnie d'un étudiant de onzième année, Élise réfléchit qu'une
fois sa sœur partie, elle serait battue pour deux,
et elle se décida à l'imiter.

Sa sœur s'évada le matin... A deux heures,
Élise prétexta un affreux mal *de dents* (elle avait
vu *les saltimbanques*), et elle alla *dehors* sous
prétexte d'acheter du Paraguay-Roux.

Elle se réfugia chez une de ses amies de pension qui était mariée, et qui lui avait offert un
asile ; elle resta cinq jours chez elle. Le sixiè-
me jour, Elise sortit pour prendre l'air ; en
revenant, la future reine, qui avait pour cha-
peron une bonne fraîchement débarquée de
la campagne, sé trompa de chemin : elle cher-
cha longtemps et ne fit que s'égarer davan-
tage.

Elle se trouvait en ce moment devant le
Pont-Neuf, et prit la résolution de demander
son chemin. Elle laissa passer plusieurs per-
sonnes qui lui semblaient trop peu aimables
pour pouvoir la remettre dans la bonne route.

Enfin un jeune homme vient à elle ; il est
jeune, il est beau, elle a confiance. En enten-
dant la voix d'Élise, il s'arrête... Elle est jeune,

elle est jolie ! Ils se regardent, ils se plaisent !
La main d'Élise est dans celle de Georges ; ils
sont heureux ! La grosse campagnarde ne sait
ce que cela veut dire ; elle les regarde d'un air
hébété.

Le jeune homme l'appelle : « Mademoiselle,
lui dit-il, voulez-vous me rendre un service, —
il tire une pièce de cent sous de sa poche, —en
allant me chercher de la monnaie ? » La grosse
fille s'acquitte de la commission. Un fiacre passe,
il n'est pas chargé, on hésite... on monte...
fouette cocher !

N'est-ce pas absolument la rencontre de Ma-
non Lescaut et de des Grieux ? Mais que diable
a dû penser la bonne quand elle ne les a pas
retrouvés...? Elle aura attendu jusqu'au soir,
pensant que si monsieur ne ramenait pas mademoiselle, il viendrait au moins chercher sa
monnaie.

Le pauvre Georges mourut au bout d'un
an, laissant à Élise un souvenir que, même
plus constante, elle n'aurait pas porté plus de
quelques mois.

Elle accoucha d'une petite fille qu'elle voulut
nourrir elle-même ; mais au bout de vingt-six
jours elle perdit sa petite Marie, et resta six
semaines folle.

Revenue à la raison, elle fit rencontre de sa

sœur, qui l'emmena dans le quartier latin, et la plaça dans une table d'hôte de la rue des Mathurins, pour tenir les livres.

Là, elle fut enlevée, moitié de force, trois quarts de gré, par un étudiant.

Ils ne restèrent pas longtemps ensemble. A partir de cette séparation, Rosita commença un genre de vie dont on ne peut se faire qu'une faible idée ; elle changeait d'hôtel garni trois ou quatre fois par semaine, laissant ici un corset, là un jupon, ailleurs une paire de bas, plus loin une robe pour payer son loyer.

Cette existence nomade ne fut interrompue que par un séjour de quelques semaines chez une marchande de modes, madame C...., dont le célèbre comptoir fut tour à tour occupé par toutes les futures prêtresses de Vénus *Pandémie*, entre autres par l'Ariane d'un fameux condamné politique, et par la très-noble demoiselle Sylvie de C..., qui fait, comme chacun sait, tous ses efforts pour qu'on ne voie pas s'éteindre en elle la famille historique dont elle est le dernier rejeton.

Enfin Elise vint demeurer rue de Ponthieu, près du jardin Mabille. Comme elle n'avait jamais dansé, elle alla naturellement au bal ; elle entendit parler de *Mousqueton*, de *Carabine*, de *Louise la blonde*, elle voulut les admirer, et resta tout étonnée en les voyant célèbres à si bon marché. « Mais, se dit-elle, mon œil est plus noir, ma taille plus fine, mon pied plus mignon, mes cheveux sont plus luxuriants; moi aussi je serai célèbre ! »

Et toute seule et sans maitre elle devint une délicieuse danseuse, plus tard une enivrante polkiste.

Elle dansait un jour avec un coiffeur; il lui dit, en regardant sa coiffure originale : « Ma chère amie, où diable vous faites-vous coiffer? vous ressemblez à la reine Pomaré. »

Le nom fit fortune et resta. Pendant sept ou huit mois, il n'y eut guère que les habitués du bal qui le connurent; mais petit à petit il se répandit; les journalistes le publièrent; les lions vinrent, puis les députés. Un préfet apprit à à Pomaré à éplucher les crevettes; le plus fécond de nos romanciers (1), un poëte qui fait des feuilletons, un autre poëte qui fait des romans, voulurent déjeuner avec elle. Les plus beaux noms de l'ancienne et de la nouvelle noblesse mirent à ses pieds beaucoup de choses; elle en prit quelques-unes.

(1) Ce n'est plus à M. de Balzac que s'applique cette étiquette, depuis l'invention des romans en dix volumes.

5me ÉTAPE.

L'appartement royal se compose ainsi qu'il
suit :

Une tête de couloir servant d'antichambre ; à
la suite une salle à manger. Dans cette pièce
trois portes donnant entrée, la première dans
une cuisine, la seconde dans la salle du trône,
la troisième dans un cabinet noir précédant un
cabinet de toilette qui communique avec la sus-
dite salle :

En fait de meubles, on trouve :

Dans l'entrée, rien.—Dans la salle à manger,
un poêle avec ses tuyaux, plus cinq chaises

garnies en jonc.— Dans la cuisine, une paire de brodequins, une *idem* de souliers vernis et trois eperons.—Dans le cabinet noir, un chapeau de bergère, en paille.—Dans le cabinet de toilette, une toilette et des accessoires nombreux, mais rien en coton.

SALLE DU TRÔNE.

Sur la cheminée :

Deux vases de bronze en plâtre ;

Deux flacons en porcelaine, jolis ;

Un verre d'eau assez beau ; cuiller procédé Ruolz, cachet à l'extrémité.

Au-dessus de la glace, une lithographie.

A gauche de la cheminée, un piano droit en palissandre, signé Faure et Roger, médaille en 1839 :

Sur ce piano, une grande quantité de numéros du *Charivari* et pas mal de morceaux de musique. Rien que des polkas.

Trois dessins encadrés en sapin. Le premier représente un affreux chien jouant avec d'horribles enfants ; le second est intitulé *Frère et Sœur* ; le troisième est un croquis à la mine de plomb représentant Pomaré et un cancanneur hideux qui ressemble en beau au comte de L***.

Entre les deux croisées, une console en érable avec incrustations en palissandre ; sur ladite, des coquillages et une charge de Dantan représentant un hanneton paré des insignes d'un sous-préfet, avec ce vers de Crébillon sur le socle :

Ah! doit-on hériter de ceux qu'on assassine ?

Ce meuble est surmonté d'une glace garnie d'une foule de cartes de visite ; parmi les comtes, les marquis, les députés, les officiers, les *gentlemen*, les *margraves* qui y sont en majorité, on trouve : une carte d'entrée au bal Saint-Honoré, un cachet de bain, plus deux cartes de la Chaumière représentant 50 centimes de consommation. Pomaré n'est pas femme à consommer pour si peu.

Au-dessus, une lithographie encadrée en sapin, représentant Louis XIV et Mlle de La Vallière.

Quand nous avons mis la main à la plume, nous nous sommes promis d'être juste et de distribuer avec impartialité la louange et la critique. Or, à cet endroit de notre récit, nous sommes forcé de blâmer Pomaré... Oui, madame, un de vos frères l'a dit, on doit laver son linge sale en famille. Toutes les têtes couronnées sont

sœurs, et nous ne comprenons pas que vous ex-
posiez aux regards de votre cour les inconsé-
quences d'un roi que son surnom de Grand devait rendre respectable, surtout à vos yeux.

Au-dessus de la porte donnant entrée au cabinet de toilette, un tableau à l'huile, peint par
Pomaré elle-même, à l'âge de douze ans.
s'agit d'une odalisque qui fait de la musique
sur des coussins rouges et sur une guitare rose.
un turc semble l'écouter avec beaucoup de plaisir, quoiqu'il attende avec impatience une allumette que lui apporte un nègre ; il est vrai qu'il
paraît s'occuper de l'allumette plus que de la
musicienne.

Vous attendez peut-être une appréciation
raisonnée de cet objet d'art? eh bien ! vous ne
l'aurez pas. Nous ne nous connaissons pas
en peinture. Vous nous objecterez peut-être que
MM. J. J. et D. et O. N... Vous avez raison ;
mais nous craindrions qu'on ne crût pas à l'impartialité de nos éloges. Nous nous contenterons
de dire qu'on ne peut point faire à Pomaré le
reproche si souvent mérité par les amateurs
et même par quelques peintres, de faire de *chic*
et sans modèle. Nous sommes sûr qu'en cher-
chant bien dans les greniers de la Civette, qui
est, dit-on, le plus ancien et le mieux assorti
des magasins de tabac de Paris, on trouverait

en têtes de pipe celles qui figurent dans ce tableau.

En face de la cheminée et sur une commode
en acajou qui, si nous en jugeons par son aspect
légèrement portière, devait embellir la chambre
de la sous-maîtresse avant de tenir de la place
dans le palais de la reine, une foule d'objets de
toutes les époques et de tous les pays. Il y en a
surtout de l'Orient, lesquels, vu cette origine
pourraient passer (calembour à part) pour une
création des *Mille et une Nuits*, de Galand.

Au-dessus de ce meuble, Napoléon en culotte
blanche et en bottes à l'écuyère. A droite de ce
militaire, une sainte Vierge portant l'enfant
Jésus, et au-dessous, *Confiance en Dieu*.

A gauche, une madone adorée par deux femmes. Ces dernières et le paysage sont couverts
de neige. Au-dessous, *Repentir*.

En face des croisées, la lithographie du *Charivari* représentant Pomaré. Ceci est un de nos
titres de gloire, passons.

A côté, deux lithographies, *le Repos du Gué-
rillas* et *Saragosse*. Nous avons les yeux et
les cheveux noirs, on nous a dit que nous avions
le type castillan.

A droite de la cheminée, un bureau en acajou, chargé de numéros de la *Presse,*—du *Cha -
rivari,* — du *Rabelais,* — du *Courrier des Lec-*

teurs, — une livraison de Schiller et Shakspere, et le premier numéro de l'*Orient*, revue de la franc-maçonnerie. A quel propos, bon Dieu! — Les trois premiers volumes du *Juif errant,* — le troisième ouvert au passage où il est question de la reine Baccanal. — Un volume (de poésies, si nous en jugeons au parfum, car nous ne l'avons pas ouvert) intitulé *Amélie, ou mes Dernières Illusions,* par Volny l'Hôtelier. Pomaré a écrit elle-même sur la couverture : *Requiescant in pace.* — Ségur, campagne de 1812. — Un volume de l'*Écho des Feuilletons.* — *Pauline,* drame. — *Thérèse ou l'Orpheline de Genève,* id. — *Mathilde,* id. — *Riche et Pauvre,* id. — *La Salpétrière,* id. Au-dessus de ce bureau, une lithographie intitulée *la Résistance.* Où diable la résistance va-t-elle se nicher!

Enfin le trône est en acajou, forme très-simple et fort ordinaire; le couvre-pied est bleu, ainsi que les chaises et les rideaux. Pomaré n'accapare point ce trône : elle le partage très-souvent avec son conseil des ministres. Ceux des finances et de l'intérieur y échangent de fréquentes communications.

Au-dessus, une demi ronde bosse en cuivre représentant François 1er.

Pourquoi ce monarque plutôt qu'un autre? Est-ce parce qu'il a été surnommé le roi cheva-

lier? me semblait plus naturel de prendre
une gloire féminine, Jeanne d'Arc, par exemple,
en tant que guerrière. Je saisis mon lorgnon et
me l'appliquais dans l'œil (je suis myope) pour
lire une devise qui me semblait devoir être :
Tout est perdu, fors l'honneur. A ma grande
surprise, je lus : *Honni soit qui mal y pense !*

Et tout aussitôt je me rappelai ce distique
fameux :

> François mourut à Rambouillet
> De la maladie qu'il avait.

6me ÉTAPE.

BOITE AUX JOURNAUX.

La presse, c'est le minotaure; il lui faut les plus belles filles d'Athènes.

Le défenseur de Marie-Joseph Chénier.

ALPHONSE KARR.

CONSTITUTIONNEL.

9 juin 1844.

La lionne du lion, la tigresse qui s'est appropriéla vogue passée de Carabine et Mousqueton, la reine *Pomaré* doit exécuter la polka! on fait cercle; on se pousse; on se coudoie; on monte sur son voisin, pour voir polker la reine Pomaré. D'où vient, à cette intéressante polkiste, ce royal sobriquet? peu importe; elle danse au milieu des bravos et des trépignements. Ses abandons de tète ne sont pas toujours d'un goût irréprochable; ses airs penchés seraient peut-être blâmés par le classique et sévère *Cellarius*; mais, chez M. Mabille, on apprécie beau_

3'

coup la désinvolture et les grâces un peu ris-
quées. Après la polka, viennent les valses et les
contredanses dites les mabilliennes. Chacune a
sa petite part de succès, mais tous les honneurs
de la soirée sont pour la reine Pomaré. Quelques rivales anonymes voudraient en vain la
détrôner. Sa royauté repose sur le talent, elle
est inattaquable.

CH. DE BOIGNE.

CHARIVARI.

16 août.

.....Nous ne saurions trop causer de la reine
Pomaré des Champs-Élysées, de la seule célèbre, de la seule incomparable Pomaré du
bal Mabille! (C'est le sobriquet sous lequel
est connue la plus célèbre balocharde de l'éta-
blissement.) Voilà une princesse qui sait au
moins pincer son léger cancan!

Mais, hélas! que dirons-nous, et qu'avons-
nous à vous révéler?

Pomaré, la reine du bal Mabille! la joie et l'or-
nement de ce lieu champêtre, Pomaré, fatiguée
de la gloire et des entrechats, vient d'abdiquer.

Du moins telle est la nouvelle qui court depuis
la porte Maillot jusqu'à la place Louis XV. La
rente a été sur le point d'en baisser.

Le vent souffle aux abdications pour les lorettes et les pachas d'Égypte.

À peine venait-elle d'arriver au comble de la
gloire que, comprenant bien vite le néant des

grandeurs humaines. Pomaré s'est enfuie tout à
coup du milieu de la cour brillante qui l'entou-
rait tous les jeudis et les samedis, pour aller
chercher quelque cour ignorée où elle pût cul-
tiver en paix... le cancan.

Il paraît que la publicité donnée à ses pas est
la cause de la retraite de sa majesté polkante.
Au lieu d'être avide de gloire et d'articles de
journaux comme tant d'autres personnages, du
siècle, la reine du bal Mabille n'aimait l'art que
pour lui-même !

Mais à quoi donc a pensé Mabille de laisser
ainsi se retirer l'héroïne de son bal, comme si
une autre reine Pomaré pouvait s'improviser du
soir au matin ; et la reine Pomaré, c'est le bal Mabille incarné. Partout ailleurs on peut avoir les
mêmes cornets à pistons, les mêmes lampions,
les mêmes gardes municipaux, enfin tous les
accessoires obligés d'un bal qui a la vogue ; mais
Pomaré, Pomaré seule reste inimitable ; elle n'a
pas sa pareille, elle n'a pas sa doublure : elle est
en son genre mademoiselle Rachel.

Oui, mademoiselle Rachel, et encore faites
polker mademoiselle Rachel, et vous verrez si
elle vaut Pomaré!

Si le bal Mabille entend ses intérêts, il fera
un pont d'or à la fugitive majesté pour la faire
rentrer dans ses États des Champs-Élysées. Cent
mille francs de liste civile, plus trois carafons de
groseille par soirée en guise de pots-de-vin.

Mais où donc peut s'ensevelir cette illustre
danseuse? Peut-être a-t-elle été enlevée par le
directeur du Cirque-Olympique, qui l'a confiée
aux leçons du plus célèbre professeur du conser-

vatoire hippique pour lui apprendre à danser la
polka à cheval?

Ou bien est-ce un prince russe qui vient de
l'épouser? car ces princes russes n'en font pas
d'autres.

Nous sommes dans une profonde perplexité,
et nous supplions M. Delessert d'employer tous
les moyens qui sont à sa disposition pour découvrir la retraite de Pomaré; il y va de la sûreté
même du gouvernement et de la réalisation facile
des impôts, car aujourd'hui que les Français ne
chantent plus et qu'ils ne dansent guère, faut-il
au moins qu'ils aient la consolation de voir polker Pomaré.

P. S. Un gendarme de la banlieue qui arrive
à bride abattue nous apporte l'heureuse nouvelle que Pomaré a été vue au Ranelagh! Nous
quittons la plume, nous nous élançons sur la
croupe du gendarme, nous voulons dire son
cheval, et nous galopons avec lui.

Si la reine Pomaré consent, sur nos prières,
à retirer son abdication, le canon des Invalides
vous l'apprendra.

LE THÉATRE.

18 août.

LA REINE POMARÉ.

...Figurez-vous une jeune femme de dix-neuf
ans, belle, élancée, portant, en conquérante
qu'elle est, la tête haute et le regard fier; ta-

chez de peindre dans votre imagination deux
beaux yeux brillants comme du jais et singuliè-
rement expressifs, surmontés par une paire de
sourcils sans solution de continuité, et le tout
couronné par une forêt de cheveux du noir le
plus brillant; rêvez, si vous le pouvez, le plus
beau galbe qu'aient composé les Praxitèle et les
Phidias; examinez en détail ces bras ronds, potelés, ces mains blanches, délicates, ces doigts
effilés; tâchez d'apercevoir, sous les plis de
cette robe savemment négligée, l'attache de ces
pieds aussi mignons qu'élegants et petits, et
dites-nous si nous n'avons pas complètement
raison de préférer la bonne et jolie reine Pomaré des bals Mabille et du Vauxhall, à la souveraine des États océaniques.

La reine Pomaré danse comme personne
ne danse, comme personne n'a jamais dansé,
comme personne ne dansera jamais. — Elle
réunit à la fois la précision d'Elssier, la grâce
de Taglioni, l'agacerie mutine de madame Mon-
téssu, et mieux que tout cela, elle possède, ce
qui ne se trouve qu'en elle, de la désinvolture
sans affectation, de la *lasciveté* sans *impudeur*.
Ce n'est point le cancan déhonté de la Chaumière, ce n'est point la danse froide et cérémo-
nieuse du monde, c'est *la Polka* du Vauxhall...
quand elle la danse. — La reine Pomaré a mis
de la passion vraie, sentie, communicative dans
un art chorégraphique à elle, et c'est avec cet
art qu'elle s'est fait l'immense réputation dont
elle jouit.

LA PRESSE.

... Ce jardin est l'empire de la reine Pomaré, non pas la reine Pomaré de Pritchard et de Taïti, mais c'est ainsi qu'on nomme, à cause de ses opulents cheveux noirs, de son teint bistré de créole et de ses sourcils qui se joignent, la polkiste la plus transcendantale qui ait jamais frappé du talon le sol battu d'un bal public au feu des lanternes et des étoiles.

La reine Pomaré est habituellement vêtue de blanc ou de noir. Les poignets chargés de bracelets bizarres, le col entouré de bijoux fantastiques. Elle apporte dans sa toilette un goût sauvage qui justifie le nom qu'on lui a donné. Quand elle danse, on fait cercle autour d'elle ; les polkistes les plus effrénés s'arrêtent et admirent en silence. Car la reine Pomaré ne fait jamais vis-à-vis, comme nous ne lui avons jamais entendu dire d'un ton d'ineffable majesté, à un audacieux qui lui proposait de figurer en face d'elle ; sa danse est, en effet, remarquable : sans avoir aucune instruction chorégraphique, la reine Pomaré compose des pas, invente des attitudes et des temps qui ne sont pas dénués de grâce et d'originalité. Elle a tout ce qui manque aux danseuses de profession, mais aussi il lui manque tout ce qu'ont ces dernières, et il est probable qu'en étudiant elle perdrait beaucoup de son charme. Tout insouciante qu'elle paraît, la reine Pomaré est cependant travaillée d'une sourde ambition ; elle sait que la gloire est fugitive, qu'il ne reste rien d'un pas gracieusement dessiné ; elle ne voudrait point emporter avec elle le secret de sa polka : son plus cher désir est, comme elle le dit : « De monter une seule fois sur un théâtre, de fixer la chose et de disparaître. »

THÉOPHILE GAUTIER.

CONSTITUTIONNEL.

1er septembre.

—Vers la fin du siècle dernier, tous les gens d'esprit et même Voltaire, ne craignaient point d'honorer en vers la beauté d'une danseuse d'Opéra, le talent d'une tragédienne. Heureuses Lecouvreur, Salé, Clairon, Gaussin! Voltaire a rendu votre nom immortel! De nos jours, la poésie galante semble disposée à se fourvoyer, et à laisser descendre sur des célébrités encore moins prudes les charmantes flatteries et toutes les folles admirations.

Le premier, nous avons trahi le secret d'une royauté offerte à une Rigolette émancipée du jardin Mabille. Le premier, pour tout vous dire, nous avons proclamé l'avènement risible de la reine Pomaré ; eh bien! cette royauté dure, et la verve et le cœur égaré d'un homme d'esprit n'ont pas craint de célébrer la jeune et folle reine en vers aussi bien rimés que ceux de Voltaire et aussi gais que ceux de Désaugiers.

Cette chanson est aussi un bruit de cette épo-
que sérieuse, où les folies, les excentricités et
les petits vers savent encore trouver leur place
et leur succès.

O Pomaré, ma jeune et folle reine,
Garde longtemps la verve qui t'entraîne ;
Sois de nos bals longtemps la souveraine
       Et que Musard
       Pâlisse à ton regard !

Paré de fleurs, ton trône chez Mabille,
A pour soutien tous les joyeux viveurs ;
Mieux vaut cent fois régner là que sur l'île
Où vont cesser de flotter nos couleurs.
Aux yeux de tous, la polka rajeunie
Vient, chaque soir, attester ton génie,
Et plus gaiement que dans l'Océanie,
       Tu vois l'amour
       Renouveler ta cour.

Quand l'œil au vent, amazone intrépide,
Cravache en main, tu jettes un bonsoir,
Nos cœurs, suivant ta cavale rapide,
T'escortent tous en attendant le soir.
Souper charmant, vive et rieuse orgie,
Viendront bientôt, et ta douce magie
Tant que vivra la dernière bougie
       Tiendra nos sens
       Émus à tes accents.

Tu mêleras les plaintives romances
Aux gros couplets qu'il faut tout bas citer ;
On t'applaudit, on t'aime quand tu danses,

Mais on est fou quand on t'endend chanter.

O Pomaré, ma jeune etc. (1)

CELA SE CHANTE SUR L'AIR DE LA VALSE DE GISELLE.

COURRIER DES THÉATRES.

5 septembre.

L'ex-mademoiselle Rosita, avantageusement connue dans les bals publics, et aujourd'hui la reine Pomaré, par suite d'un sobriquet assez hardi, est une jeune femme aux yeux noirs, à l'allure décidée, et qui se fait tellement remarquer par ses gentillesses dans la contredanse et dans la polka que l'on court pour la voir. Jeudi dernier elle était au Ranelagh, et il y a eu grande affluence sur ses pas.

1 Ces vers que des imprudents ont follement attribués à notre habile poëte Théophile Gautier, sont d'un jeune étourdi qui fut, en 1825, l'homme le plus gai de France.

CHARIVARI.

2 octobre.

GUITARE POLYNÉSIENNE.

AIR du *Fou de Tolède*.

> Elle aimait trop l'Anglais; c'est ce qui l'a tuée.
> (*Orientale taïtienne.*)

La Pomaré, sur le pont du navire
    Le *Basilic*,
De ses deux poings cogne en guise de lyre
    Les mâts du brick.
Rien n'amortit de sa douleur touchante
    Le contre-coup;
Et jour et nuit la pauvre reine chante :
    « Buvons un coup ! »

. . . .

« J'avais des chefs sans bottes ni moustaches,
    Gens assez laids ;
J'avais des bœufs, des cochons gras, des vaches,
    Et des Anglais.
Des bois dont l'ombre à mon âme sensible
    Plaisait beaucoup ;
J'ai tout perdu, jusqu'à ma vieille Bible...
    Buvons un coup !

. . . .

« Tout pâle un jour, pour la plage lointaine
  Il s'est sauvé,
Me laissant là, comme une Madeleine,
  Sur le pavé.
, Au saint apôtre on voulait, comme traître,
  Serrer le cou.
J'en tremble encore.... Hélas ! pour me remettre,
  Buvons un coup !

. . . .

« Pour égayer mes douloureux sourires,
  O digne Anglais !
Il m'a promis qu'avec vingt gros navires
  Pleins de boulets,
Il reviendrait chasser Bruat l'infâme ;
  J'y tiens beaucoup.
Mais d'ici là , que faire ? pauvre femme !
  Buvons un coup ! »

> *(Essai de poésie polynésienne, par un marin de la station.)*

Vous êtes probablement fort surpris. ô lecteur ! (singulier modeste), de trouver, parmi ces extraits de journaux, les vers qui précèdent.

Nous vous devons donc une explication ; nous allons vous la donner. Lorsque Pomaré nous communiqua les journaux qui avaient parlé d'elle, nous fûmes tout aussi surpris que vous, en apercevant cette *Guitare polynésienne*. Nous allions la mettre de côté, quand cette gracieuse majesté nous la fit remarquer en nous disant : « En vérité, je ne sais pas ce que le *Charivari* a dans la tête de ses rédacteurs ; je crois que par moments il bat la campagne ; où m'a-t-il vue sur le pont d'un navire ? pourquoi m'accuse-t-il de boire des coups? qu'est-ce que c'est que M. Bruat? Ah! vraiment je n'y conçois rien. »

Un doute passa dans notre esprit.

Nous résolûmes de l'éclaircir, et, lui faisant lire plusieurs journaux qui parlaient du désaveu de M. d'Aubigny, nous acquîmes bientôt la conviction que Pomaré (Mabille) prend pour elle tout ce qui s'adresse à Pomaré (Taïti).

Nous avons trouvé cela drôle, et pensant que vous seriez de notre avis, nous vous le communiquons avec la *Guitare* qui avait fait vibrer chez notre héroïne la corde de la *monopomarémanie*. Ce mot ne se trouve pas dans le *Dictionnaire de l'Académie ;* mais vous le rencontrerez certainement dans la prochaine édition de Napoléon Landais.

7me ÉTAPE.

BOITE AUX LETTRES.

Voici quelques échantillons de la correspondance secrète de Pomaré ; nous les avons pris au hasard dans un tiroir de son bureau où elle nous a permis de fouiller ; ce tiroir porte pour étiquette *Comptes liquidés*, et fait pendant à un autre tiroir étiqueté *Comptes courants*.

Porsmouth, 7 février.

Adorable Rosita,

Les voiles du vaisseau qui doit m'emmener à deux mille lieues de l'Europe s'enflent déjà. Bientôt je ne vais vivre que de souvenirs, et celui des quelques instants que nous avons pas-

sés ensemble ne sera pas le moins doux. On
m'appelle, il faut partir!!!

Adieu donc, charmant cavalier du bal de
l'Opéra, adieu!

Un baiser, un adieu, un souvenir.

Encore quelques jours, et toute l'immensité
de l'Océan entre toi et moi.

Adieu donc, adieu pour toujours.

WILLIAMS [1].

Ma chère,

Les fonds sont bas.

Je ne puis donc t'obliger, je viens de perdre,
ce matin, 365,000 francs, sur la place de Paris
(Bourse).

Ne m'accuse pas d'imprudence : je jouais à la
baisse (c'était sur les fonds espagnols). Pour la
première fois depuis leur émission, ils ont
haussé.

C'est ce qui a causé ma perte. Cela me pri-
vera du plaisir de te voir ce soir au bal de
l'Opéra.

Tu dois comprendre que lorsqu'on vient de
perdre 365,000 francs, il faut faire des écono-
mies, et qu'on n'est pas disposé à dépenser
10 francs pour un bal masqué.

[1] Un jeune conatil anglais.

Enfin, ma chère Rosita, je suis dans la république des gueux.

Edmond vient d'hériter de quatre quadrupèdes et de plusieurs bipèdes; adresse-toi à lui.

Je suis, ma chère amie, dans la débine comme avant,

Ce qu'on est au bas d'une lettre.   VICTOR[1].

———

Puis une lettre dont il ne reste que les lignes suivantes.

Lundi matin, 5 août.

Où es-tu? Que deviens-tu, ma chère Pomaré? Te serais-tu retirée dans *quelque couvent?* — Non, cela ne se peut pas. — Alors quel nouveau protectorat as-tu donc accepté? — Quoi qu'il en soit, Français ou Anglais, Russe ou Autrichien, Marocain ou Turc, ton gouverneur ne te garde pas si fort à vue, que tu ne puisses au moins m'adresser quelques mots de souvenir. — Enfin puisque *ton règne est arrivé, que la volonté soit faite.*

On oublie vite. Ce qu'on fait aujourd'hui fait oublier ce qui s'est passé hier, et, ... [2]

[1] Un riche capitaliste dont les rats sont en train de grignoter les coupons de rentes.

[2] Un des associés principaux d'un magasin monstre de nouveautés.

Très-chère et très-aimable reine,

En même temps qu'une grande admiration, vous m'inspirez une espèce de terreur, parce que assez souvent je vous ai demandé à polker et à danser, et que toujours vous m'avez refusé avec un dédain et une accablante supériorité. Pour quel motif? je l'ignore. Pour quel motif encore êtes–vous aujourd'hui gentille envers moi? je l'ignore encore. Samedi soir, je mé proposais de vous demander une polka, mais comme vous êtes arrivée fort tard, je me proposais de planter là ma polkeuse, elle s'y est opposée. — Vous étiez admirablement belle et admirablement coiffée. J'espère que jeudi nous pourrons polker ensemble. J'ai pris depuis quelque temps des leçons d'une dame, ex-artiste de l'Opéra, qui fait d'assez bons élèves.

Adieu, chère reine, veuillez n'avoir point trop bonne opinion de moi, telle qu'ont pu vous la former, et notre coiffeur, et le bon Narcisse; mais cependant me croire votre très-dévoué.   En. [1]

Vous me jurez fidélité,
J'en jure autant de mon côté, etc.

Ma mignonne, pour une femme seule, trois

[1] Un vicomte touriste.

hommes à la porte ; un calicot avec une lettre,
un... je ne sais quoi, et... moi.

Nous nous sommes salués, ce qui prouve que
le Français est non-seulement *très-brûlant*,
mais encore très-aimable.

Si vous désirez continuer des relations aussi
étendues, tu m'obligeras, femme très-adorée,
de me faire savoir les heures de liberté.

Tu vois, tendre et chère amie, combien je res-
pecte tes opinions politiques.

Je réclame, dans le cas où une excursion
dans les îles de la *société* ne serait pas à espérer
de longtemps, un gilet et une cravate tous les
deux noirs et indispensables pour moi.

Ma bonne petite reinette serait bien gentille
de me les envoyer, si elle ne peut les apporter
elle-même.

Sur ce, bien de la chance dans ses rapports
avec toutes les cours de *l'Urope*. Je crains que
madame ne soit trop occupée, pour penser à ce
que je lui demande ; mais qu'elle veuille bien
se rappeler qu'une pose est très-désagréable
même pour un peintre, surtout quand, comme
moi, il se connaît parfaitement en couleurs.

Je ne te salue pas, mais je t'aime. GEORGES 1.

Vendredi matin.

1 Un peintre à qui on ne saurait refuser un grand talent.... de lithographe.

8me ÉTAPE.

POMARÉ PEINTE PAR ELLE-MÊME.

il y a des brunes qui sont blondes.
(LABRUYÈRE, chap. des Lorettes.)

Je compte quatre lustres (style empirique).
J'ai cinq pieds deux pouces (vieux style).

Je pèse soixante kilogrammes à jeun ; je mange si peu, mais si peu, qu'après souper ce poids est diminué dn trois décagrammes (style métrique).

La ceinture de ma robe de moire doublée de velours porte cinquante-sept centimètres.

Mes cheveux sont épais et très-bruns ; le soleil en les frappant produit des reflets fauves.

Ma tête est très-forte : le cervelet est peu développé. (Tant pis pour M. Gall !)

Mon front est intelligent ; son peu de hauteur provient en grande partie de l'envahissement de son légitime domaine par les ondes de mes cheveux rutilants.

Mes yeux sont à une distance immense l'un de l'autre; cependant, quoi qu'en ait pu dire Clara Fontaine, ils vivent en très-bonne intelligence.

Ils sont grands et expressifs. *Les prunelles, dont la pupille est plus noire que l'atramant, ont dans l'iris de singulières variations de nuances; du saphir elles passent à la turquoise, de la turquoise à l'aigue-marine, de l'aigue-marine à l'ambre jaune, et quelquefois, comme un lac limpide, laissent entrevoir, à des profondeurs incalculables, des sables d'or et de diamant, sur lesquels des fibrilles vertes frétillent et se tordent en serpents d'émeraude.*

Ces dernières lignes sont extraites des deux colonnes de feuilleton consacrées par M. Th. Gautier à la description des yeux de Nyssia, dans le *Roi Candaule*. Comme ce sont les miens qui lui ont servi de modèle, je reprends mon bien ou plutôt mes yeux où je les trouve.

A propos de M. Gautier, où a-t-il vu que ma peau fût le moins du monde bistrée? elle est blanche et très-blanche. Ma tête est magnifiquement attachée à des épaules qui sont larges, charnues, et couvertes, ainsi que les joues, d'un duvet fin et soyeux.

Mes cils sont d'une richesse de végétation qui ne peut être comparée qu'à celle qu'on remarque sur les bords des ruisseaux. J'ai versé tant de larmes, j'ai été trahie tant de fois !!!

Il règne entre mes sourcils noirs et touffus, une alliance si intime, une entente cordiale si peu anglo-française, que rien ne peut les désunir, pas même la transition du nez au front.

L'oreille est ordinaire.

Mon nez est large à la racine, mes narines sont dilatées et relevées. (M. Lavater a raison). Si le nez du père Aubry aspirait à la tombe, je puis en conclure que le mien aspire à la vie.

Ma bouche est petite et dessinée avec une pureté remarquable ; les lèvres sont surmontées d'un duvet assez prononcé.

Les bras sont ronds et potelés : les mains ne sont pas trop petites, mais elles le sont assez ; les doigts sont longs et effilés, les ongles ne sont pas mal.

Les jambes sont bien, le mollet est placé un peu haut, l'attache du pied est fine et aristocratique.

J'ai réservé mes dents pour ce qu'on appelle vulgairement la bonne bouche.

Elles ne sont pas extrêmement belles, c'est vrai ; mai c'est le seul point sur lequel la malveillance ait trouvé à mordre. Sur tout le reste, elle a usé les siennes.

Signes particuliers.

J'ai lu, il y a quelques mois, un livre qui m'a beaucoup amusée : *Les aventures de Casanova de Seingalt*.. — C'était un garçon d'esprit, célèbre par ses succès amoureux, par ses gains plus ou moins illicites au jeu, et surtout par l'adresse miraculeuse avec laquelle il sut échapper aux plombs de Venise. Cependant il a émis dans son ouvrage un système complétement erroné; il prétend que tous les signes sont en double et qu'ils se trouvent toujours placés directement à l'opposite les uns des autres : ainsi, par exemple, si une femme a un signe au pied droit il se trouve reproduit à la main gauche. Eh bien, je déclare qu'il est tout à fait dans le faux, et je suis la preuve vivante de ce que j'avance. En effet, si le système de Casanova était vrai, je devrais avoir deux signes sur la joue droite et un signe sur l'extérieur du bras droit : je les cherche en vain.

Je possède :

Un signe sous l'œil droit.

Un idem sur la joue gauche près de l'oreille.

Quatre idem sur le cou, à droite, se tenant compagnie.

Un idem presque imperceptible à la naissance de la clavicule.

Deux autres idem entre les épaules, mais

9ᵐᵉ ÉTAPE.

C'est un arlequin.

EUGÈNE SUE.

PENSÉES INTIMES DE POMARÉ.

Nous avouerons avec franchise que ces pensées ne sont dans nos mains que par suite d'un abus de confiance. Nous avons profité d'un moment où la reine Pomaré recevait son porteur d'eau, pour confisquer à notre profit et au vôtre un album dans lequel nous avons trouvé aussi le portrait de cette reine, peint par elle-même et imprimé plus haut.

Sur la première page de cet album on lit : *Taches d'encre.* — Nota. Ces pensées sont écrites au crayon.

.˙. La nuit tous les pochards sont gris.

.˙. Les hommes proposent les femmes *disposent*, quelques-unes *indisposent*.

∴ L'amour du plaisir vient aux femmes quand elles ne sont plus dignes du plaisir de l'amour.

∴ On a dit que les jolies femmes sont capricieuses; on a eu tort de ne pas ajouter qu'il ne suit pas de là que toutes les femmes capricieuses sont jolies.

∴ Si Napoléon vivait encore, il serait bien content de voir que son dernier vœu a été accompli et que *ses cendres reposent au milieu de ce peuple français qu'il a tant aimé.*

∴ Je n'aime pas les imbéciles : j'ai remarqué qu'en général ils manquent d'esprit.

∴ Dis-moi qui tu aimes, je te dirai qui tu *hais.*

∴ Si j'avais été à la place de Mahomet, j'aurais certainement changé le sexe des houris.

∴ Les niais respectent les femmes, les sots les méprisent, les gens d'esprit les aiment.

10me ÉTAPE.

ANECDOTES, CALEMBOURS, BELLES ACTIONS.

Je ne veux plus aimer Fleurette (1).
(*Musiqué et paroles de* JULES ADENIS.)

.*. Soupant avec Pomaré, L. M. lui dit :
« Voyons sans commentaire. — Comment sans
qu'on t'enterre ! mais j'y tiens énormément. »

.*. On joue, en ce moment, au théâtre Beaumarchais, une pièce fort amusante, intitulée :
Mabille et Maroc. L'auteur avait pensé tout naturellement à faire figurer la *reine Pomaré* dans le
premier acte, qui se passe au bal Mabille, et il
avait chargé de la représenter une fort jolie actrice, nommée I..... Celle-ci écrit une lettre à Pomaré et la prie de vouloir bien lui donner quelques conseils. Pomaré va à une répétition, mais

---

(1) *Fleurette* cache ici le nom d'une actrice des Folies-
Dramatiques, que la mesure du vers et surtout la discré-
tion empêchaient de désigner plus clairement. C'est mademoiselle Florentine.

à peine a-t-elle entrevu ·l..... qu'elle lui tourne le dos et demande à parler à l'auteur. « Monsieur, lui dit-elle, je tiens beaucoup à ce que Mlle I..... ne me représente pas dans votre ouvrage. — Cependant, Mlle I..... — Est beaucoup trop jolie. — Elle ne l'est pas plus que vous. — Mon Dieu, je sais mieux que personne ce que je suis, et je tiens essentiellement à ce que la Pomaré de Beaumarchais ne fasse pas de tort à la Pomaré de Mabille. — Cependant... — J'ai beaucoup d'amis, je puis facilement les envoyer siffler pendant vingt représentations, si vous vous obstinez. — Du moment, madame, que cela vous est désagréable, nous allons tâcher de trouver quelqu'un de moins bien. »

Par malheur une de ces dames avait écouté la conversation et l'avait racontée à toutes ses camarades, de sorte que personne ne voulut plus accepter le rôle, prétendant avec raison que ce serait se reconnaître moins jolie que Mlle I.....

Et voilà pourquoi il n'y a pas de reine Pomaré dans *Mabille et Maroc* du théâtre Beaumarchais.

.⁂. Pomaré cultive le calembour avec succès. « Pourquoi, demandait-elle dernièrement à Eug... S..e un chat qui serait poule aurait-il nécessairement été coq? — Je n'en sais rien. — Parce qu'on pourrait dire de lui : *« le chat pond. »*

.˙. Un jour, au Ranelagh, on prenait un punch
à la romaine; le vicomte de *** (1) s'imaginait
faire de la régence en cassant des verres : « Que
fera le garçon, dit Pomaré, si tu *perds ses
verres.* »

.˙. On parlait devant Pomaré du gros comte de
T***, qui a jadis mené une existence des plus
désordonnées, et qui depuis quelque temps
semble avoir abdiqué sérieusement la vie de
garçon. Les uns prétendaient qu'il avait renoncé au plaisir; Pomaré soutenait que c'était
le plaisir qui avait renoncé à lui. « C'est de la
calomnie, dit Théoph... G....er, il s'est rangé...
A présent c'est un modèle, il a de l'ordre.—Lais-
sez donc, répartit vivement Pomaré, de l'ordre!
tout va chez lui à la débandade. »

.˙. Plusieurs des anciens favoris de Pomaré
s'appelaient Henri; elle les désigne dans la con-

¹ Le même qui a inspiré à la petite Emille le couplet
suivant :

AIR : *Nouvelles à la main.*

Laure, la charmante actrice
Que l'on croyait sans malice,
Au vicomte le novice
Sut caroter cinq louis.
Cinq louis, la charge est bonne,
D'autant plus que la friponne,
Le soir, avec le Trombonne
Goblotta les cinq louis.

versation sous le nom de Henri I, Henri II, etc.
Jusqu'à présent, toutefois, sa majesté a été trop
bonne patriote pour aller plus loin que Henri IV.

.*. Nous demandions à Pomaré quel était le
soupirant qu'elle avait le plus' aimé. « C'est
Alph.... K..r, répondit-elle. — Et lui, vous ai-
mait-il beaucoup ! — Oui assez, mais il me
préférait son chien. Il avait la faiblesse de tenir
à la fidélité. »

.*. Un certain jour, Pomaré se promenait en
voiture, aux Champs-Élysées. Il faisait un temps
épouvantable ; trois jeunes gens essayaient,
mais en vain, de se garantir de la pluie en se
serrant autour d'un arbre. La reine hésita un
instant, car un des trois jouvenceaux lui dé-
plaisait beaucoup; mais sa philanthropie na-
turelle finit par l'emporter. Elle les fit monter
dans sa voiture, ainsi que son cocher à qui elle
craignait de voir attraper un rhume de cer-
veau ; puis, escaladant le siége, elle prit les
rênes et dirigea elle-même ses superbes cour-
siers, sans crainte d'éprouver le sort de Phaé-
ton, car

Elle excelle à conduire un char dans la carrière.

.*. Nous demandions à Pomaré quel était celui
qui avait eu ses bonnes grâces aussitôt après
son couronnement : elle nous montra à sa glace

la carte d'un capitaine au 6ᵉ hussards, en déclamant ce vers :

Le premier qui fut roi fut un soldat heureux.

VERS.

Parmi les hommages adressés à notre aimable reine, nous sommes heureux de pouvoir donner le sonnet suivant, tiré de la *Guirlande d'amour*, charmant recueil encore inédit que l'auteur dédie à toutes les souveraines éphémères de notre mode parisienne.

A LA REINE POMARÉ.

O reine Pomaré ! ton trône est chez Mabille;
Là commence et finit ton royaume charmant:
Là, fêtée, entourée, amusante et facile,
Tu règnes sur les cœurs et tu n'as pas d'amant.

Les yeux émerveillés cherchent ta danse agile;
Ta cour se réunit autour d'un bol fumant;
Ton sceptre est un bouquet, la couronne fragile
S'enrichit tous les soirs d'un nouveau diamant.

La presse aux mille voix célébra la venue:
La foule suit de loin, dans la longue avenue,
Le galop triomphal de tes fiers alezans.

Oh ! que ta majesté soit heureuse et ravie
D'avoir pendant six mois essayé de la vie
Que Laïs et Ninon menaient quatre-vingts ans.

Alex. PRIVAT D'ANGLEMONT.

Lundi 14 octobre 1844.

———

Voici encore sur le même sujet, sujet fécond
s'il en fut, quelques vers improvisés entre deux
cigarettes, par notre ami Théodore de Banville.

POMARÉ.

Amours des bas-reliefs, ô muses et bacchantes
Qui, sur l'Ida nocturne, au bruit d'un tambourin,
Les fronts échevelés en tresses provoquantes,
Dansiez en agitant vos crotales d'airain !

Vous, plus belles déjà que ces filles du Pinde,
Bayadères d'ébène aux bras purs et nerveux,
Qui bondissez sans bruit sur les tapis de l'Inde,
Avec des sequins d'or passés dans vos cheveux !

Elssler ! Taglioni ! Carlotta, sœurs divines,
Aux corselets de guêpe, aux regards de houri,
Qui foulez, en quittant le carton des collines,
Le splendide outremer d'un ciel de Ciceri !

O reines du ballet, toutes les trois si belles,
Qu'un Homère ébloui fera nymphes un jour,
Ce n'est plus vous la danse : allons, coupez vos ailes,
Éteignez vos regards : ce n'est plus vous l'amour !

C'est notre-Pomaré dont la danse fantasque,
Avec ses tordions frissonnants et penchés,
Aiguillonne à présent comme un tambour de basque
Les rapides lutteurs à sa robe attachés.

Quand sa vive polka frémit dans la cadence,
Ses plus chauds amoureux se battraient pour mieux voir
Ses pieds tourbillonnants entraînés par la danse,
Et tous se damneraient pour les baisers le soir.

THÉODORE DE BANVILLE.

P. S. 1ᵉʳ novembre. Nous suspendons le tirage de cette brochure, et cela au grand dépit de notre éditeur et au non moins grand ennui de notre imprimeur, pour vous apprendre un affreux évènement!

Nous venons de recevoir le dernier soupir d'Alfred!!!

Oui, d'Alfred, ce charmant garçon, dont vous avez pu apprécier l'esprit fin et original dans les premières étapes de ce voyage, entrepris à son instigation. Et savez-vous ce qui a causé cette mort? La polka de Pomaré!

La reine, fidèle à sa promesse, lui avait appris non-seulement les pas que tout Paris a admirés à Mabille, au Ranelagh, à la Chaumière, mais encore une foule de flic-flacs qui, vu la présence des sergents de ville et des gardes muni-

cipaux dans ces différents bals, ne peuvent
s'exécuter qu'à huis clos. Encore s'il les
avait gardés pour lui! mais il les a transmis
à son élève madame Thorax. L'époux, que l'on
croyait à la parade, est arrivé au moment le
plus délicat; il a cru découvrir des symptômes
de *conversation criminelle* là où il n'y avait
qu'une polka très-innocente, et son sabre a
tranché le fil des jours d'Alfred.

Nota. Nous avons eu, un moment, l'idée
d'arrêter la publication de cette brochure, pour
cause de deuil; mais nous avons réfléchi qu'il
valait beaucoup mieux la faire vendre au
bénéfice du meilleur ami d'Alfred, qui a treize
enfants et des cheveux blancs. Ne croyez pas
qu'il s'agisse de nous, car il y a longtemps que
nous n'avons plus de cheveux.

TABLE.

www.ingramcontent.com/pod-product-compliance
Lightning Source LLC
Chambersburg PA
CBHW060816180626
46818CB00002B/834